소리쟁이 빌딩

김현순 디카시집

소리쟁이 빌딩

김현순 디카시집

예술의숲

작가의 말

조금 색다른 시집을 펴낸다.
가까이 스쳐 지나가는 삶의 길에서
문득 뒤돌아볼 때
무심코 바라보는 세상의 이미지는 알고 보면
숨은 그림 찾기였다.
나를 붙잡고 한마디의 의미 있는
말을 건네 오는 것들을
어찌 사랑하지 않을 수 있으랴!
대수롭지 않은 것에서
고운 옷 입은 시를 구원해 내는 일은
하늘이 내게 준 아름다운 소명일 것이다.

2023년 녹음이 짙어갈 무렵에
김현순

◈ 차 례 ◈

1부. 허브의 향기

2부. 녹색 사다리

3부. 새가 된 나무

4부. 나팔 부는 하늘

1부. 허브의 향기

기도

일하기에 앞서

다 함께

올해의 풍년을 기도합시다

별

초록별 하나가 이 땅에 내려와
억 년 전에 헤어진 나비를
기다리다가 기다리다가
이윽고 향기로운 꽃이 됩니다

기별

땅을 가르며 그들이 오고 있다
배고픈 자를 위해
힘센 감자 군단이 초록 깃발 올리며
쿵쿵 쿵쿵 멀리서 다가온다

사랑의 기울기

어쩌다 비좁은 자리에 태어난
래디쉬 둘
서로 피해 주지 않으려 안간힘 기울이다가
똑같이 못생겨져도
배려와 사랑은 여전히 고운 빛깔

보물찾기

살며시 숨겨놓은 정든 마음
땀을 흘리고 나서야 찾았네

야채꽃

독 없는 꽃가루가 손등에 떨어져도
닦아내고 싶지 않아
어머니 고무신에 정성껏 그려 넣고 싶은
유순한 꽃송이

청개구리

누가 내게 요런 귀염둥이를 보냈나
먼 곳에서 콩밭 매는
우리 어머니가 보내주셨지

텃밭 정원(kitchen garden)의 오후

가끔씩 내 가난한 지상에서
낙원을 만나기도 하지
마음을 비우고 살다 보면
진수성찬 부럽지 않을 때가 있다

허브의 향기

맛있는 키친가든
꿀벌이 날쌔게 달려오기 전
체리세이지는 내가 주는 시원한 물을 먹고
나는 그의 달콤한 꽃잎을 따먹고

땅에 수를 놓다

보이지 않는 손으로
누군가 땅에 수를 놓고 있다
초록 리본 나란히

풍선덩굴

누가 오시려나
울타리에 동동 매달린 풍선들
너무 설레면 터질지 몰라
줄로 꽁꽁 묶어놔야지

포식하다

어린 메뚜기
레몬그라스 한줄기만으로도 배가 든든하다

한 잎 더 먹고 가
양식은 충분하단다

장화의 라인댄스

텃밭에서 열심히 일을 끝낸 장화 한 켤레
허공의 자유 속으로 폴짝 뛰어올랐습니다

크로스 스텝에서
사이드 스텝으로 가기 바로 직전
춤의 발길이 무척이나 가볍습니다

소리쟁이 빌딩

저 높은 곳에 누가 푸른 넝쿨을 올렸을까
지구는 자꾸 뜨거워지고
인류가 짜증나는 바로 그 순간
모두의 시선을 사로잡으며
우뚝우뚝 서 있는 녹색의 빌딩들

2부. 녹색 사다리

아버지 꽃구경 하시네

오래전에 홀로 가신 아버지
봄빛 타고 오시어 꽃구경하시네
잊힌 이 세상 너무 그리워
지상의 꽃이 저리 환하다고

꽃 발자국

바람 몹시 부는 날
산벚꽃잎들 이 길을 지나며
화석 같은 발자국
애틋이 찍어놓고 갔다

동행

빛이 사라지면
그대 또한 이 나뭇가지에서
떠난다는 것을 알기에
나는 이 찬연한 빛 속에
영원히 함께하고 싶네

요가

무릎을 살짝 구부리고
두 팔을 들어
둥근 우주를 그리는 고난도 자세

그가 요가 명상에 푹 빠져있는 동안
바람이 간지럽혀도 요동하지 않는다

하나가 둘에게

싸우지 말고 살아라
늘 다정하게 살아라

이 든든한 땅처럼
저 넓은 하늘처럼

녹색 사다리

갈대숲 거미가 사다리 만들어
밤마다 이슬을 떠놓고
하늘 향해 기도 하나 봐

별님들이 사다리를 타고 내려와
간절한 기도를 적어가겠지

높은 족속

하늘은 난다는 것은
정말 최고야!
나뭇가지에 앉아있어도
쉽게 내려가지 않는 그대의 자존감

이런 헤어스타일 어때요

언젠가
그가 능숙한 미용사에게 부탁한 것은
딱, 이런 스타일

기름새가 단비에 머리를 감고
멋스럽게 흔들어본다

B

A가 아니어도 괜찮아
A가 아니어도 낙심하지 마
어느 순간 별처럼 빛날 수 있으니까

사월

비애의 창문에서 바라보아도
천국은 눈부시게 아름답다

불꽃 점화

그해 올림픽

성화를 높이 들고

대나무처럼 올곧게 뻗어가던

민족의 웅비

샘터의 전설

항아리 속에서 금단의 간장 찍어 먹고
샘터로 날아온 검은 새 한 마리

긴 부리로 물만 마시다가
날개를 잃었다는 이야기

태양

그대 가끔 서늘한 숲 그늘로 내려와
뜨거운 숨 식히고 싶을 때 있지
향기로운 꽃이고 싶을 때 있지

풀잎꽃

이파리가 꽃이 될 때
꽃들도 그 아래
겸허히 제 몸을 낮춘다
오늘은 그대가 꽃이다

따뜻한 손길

아이야 손잡고 가자
외딴길 헤치고 나와
아름답고 밝은 곳으로 함께 걸어가자

3부. 새가 된 나무

좁은 문 앞에서

이 불편한 곳을 지나야만 할까
생의 한가운데
넓고 아름다운 정원을 만나고 싶다
허리가 아프더라도
잠시 고개를 숙이면

두런두런

다들 잘 견디며 살아왔잖아
살다 보면 따뜻한 날도 있지
나무 한 토막의 행복도 감사하지 않은가
여보게! 너무 멀리 가지는 마오

마지막 한 잔

딱 한 잔 남았어요
지난날의 고뇌는 비워버려요
이제 그대 곁에서 떠날
마지막 한 잔!

떼창

그대가 이기고 돌아온
기쁘고 즐거운 날
곡조의 높낮이로 이어가며
환호하는 잎새들의 노랫소리

즐거운 춤

창문을 열고 어서 나오라
지긋지긋한 바이러스 전쟁은 끝났다
담쟁이덩굴도
그대 곁에서 춤을 추고 있다

포클레인

너의 큰 힘으로
무거운 세상을 들어 올려라
실망하지 마! 네게도
숨겨진 집게발 하나쯤 있을 거야

별님의 드레스

시장에서 사 온
예쁜 반짝이 드레스를
누가 입어볼까?

그야 바로, 우리 별님이지!

새가 된 나무

멀어져 가는
일몰의 그리움 속에
나무는 차라리 새가 되어
함께 떠나고 싶다

축제

날씨가 그려놓은 추상화 속에
남녀노소 모두 나와
춤추는 사람들

무슨 날일까
흥겨운 축제가 열렸네

행운의 당첨

오랫동안 줄지어 기다린 보람이
황홀한 기쁨이 될 때까지
숱한 어둠의 날들이 지나갔다

짹짹거리다

아기새들이 생명의 꽃을 피운다
붉은 입 활짝 열고, 짹짹 짹짹
맛난 먹이 달라고, 짹짹 짹짹

보금자리

이렇게 높은 곳에 사는 건 처음이야
씨앗으로 바람결에 흩날릴 때는
앞날이 그저 막막했었지
아주 오래된 나무 빌딩에
방 하나 얻은 것이 꿈만 같아

겨울 백로·1

남쪽으로 떠나지 않은 새야
하늘길이 미세먼지로 막혀 있느냐
눈이 펑펑 쌓여도
계절을 지나온 여기 무심천이 더 좋으냐

겨울 백로 · 2

거리두기는 이제 끝났다
차례로 펼쳐지는 날갯짓
한곳을 바라보는 소망의 빛
겨울 무심천이 환하게 밝아온다

4부. 나팔 부는 하늘

역류하는 연어들의 행진

내 마음에서
그대가 아득히 멀어지는 동안
연어들은 본성을 다하여
모천으로 가까이 더 가까이

첫눈

모래사막 더운 나라에
한 번도 닿지 못하는 하얀 그대
오늘은 해독할 수 없는 낯선 언어
벤치 줄 공책에 적어놓고
살며시 그리워하나 보다

폭설

밤새 산골 집이
통째로 눈에 파묻혔다
해님이여, 어서 창문을 열어주오

설원의 화가

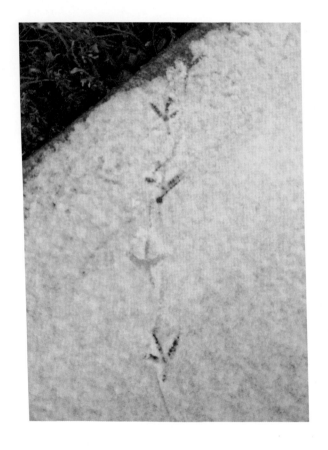

푸른 계절이 다시 그리워
눈밭에 쇠뜨기를 그려놓고
어디론가 떠나간 새야
이 추운 날 빨간 부츠는 신고 있었느냐

숨바꼭질

눈 내리는 날
흰둥이는 꼬리 흔들며 나가더니
냉큼 돌아오지 않았지

하얀 눈 속에 꼭꼭 숨어도
나는 네가 다 보여

눈 인형

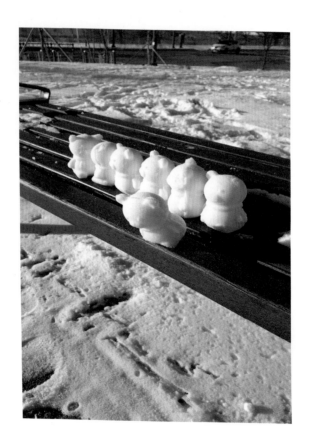

너무 높이 올라왔어
우리가 있던 곳으로
다시 돌아갈 수 있을까
반장! 우리 다시 돌아가
은빛 꿈을 꿀 수 있는 거야?

등불을 든 아이

절망 속에 캄캄해진 세상으로
저기 희망의 등불을 든 아이가
다급히 뛰어온다

서쪽 하늘이 소란하다

장맛비 그친 일몰의 하늘에
불놀이가 펼쳐진다
술에 취한 도깨비들이
몸을 괴이하게 비틀거렸으나
사람의 도시는 평온하였다

상념이 공처럼 뭉쳐질 때

하늘이 무척 맑은 날
흩어진 마음 조각들이
산꼭대기에서 하나로 뭉쳐질 때

유원지에서 공놀이하는 소년처럼
내 마음도 가볍게 뛰어논다

백마

홍수 수해의 눈물 더는 참을 수 없어
하늘에 홀연히 나타난 백마
긴 긴 장마를 데려가니
비로소 하늘이 파랗게 열린다

기분 좋은 날

이렇게 싱그러운 날엔
달콤한 뭉게구름이라도 잡아야지
노상 흔들리며 살 수는 없잖아

나팔 부는 하늘

먼 곳 점 하나의 울림이
찬 겨울을 향해 점점 확장되는
선한 영향력으로
오늘밤 상서로운 눈이 내릴까

슈퍼맨

그가 힘센 팔을 벌리고 온다
새들도 길을 비켜라
골칫거리 문제 속시원히 해결해 주려고
저기 날쌔게 날아온다

상어를 보다

그의 꼬리를 보았다
하얀 물보라가 일었다
여기는 푸른 창공의 바다
나는 잠수함 한 척을 타고

날개

큰 날개를 펼쳐라
인생의 하늘은 높고 푸르다
아름다운 꿈이 기지개를 켠다

소리쟁이 빌딩

초판1쇄 인쇄 2023년 5월 25일
초판1쇄 발행 2023년 5월 30일

지은이   김현순
만든이   박찬순
만든곳   예술의숲
         등록 2002. 4. 25.(제25100-2007-37호)
주   소·충청북도 청주시 상당구 교서로2
전   화·070-8838-2475
휴 대 폰·010-5467-4774
이 메 일·cjpoem@hanmail.net

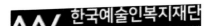

※ 이 시집은 2023 한국예술인복지재단의
   창작지원금을 받아 발간되었습니다.